サークル・ゲーム

THE CIRCLE GAME

MARGARET ATWOOD

マーガレット・アトウッド
出口菜摘＝訳

彩流社

Jに

目次

これはわたしの写真

This Is a Photograph of Me

しばらく前に撮られたもの。
はじめは汚れた印刷物に
見えるでしょう
線はぼやけ灰色の斑点が
紙に染みているものだから。

細部に目を凝らすと、

左手の隅になにか浮かびあがってきます
大枝のようなもの
（バルサムモミ　あるいはトウヒの）木の一部
右手のなかほどに、
ゆるやかな坂があるはずで、そこには
小さな木造の家。

後ろには湖があり、
その向こうには、低い丘のつらなり。

（この写真が撮られたのは、次の日です
わたしが溺れ死んだ日の。

わたしは湖にいます、真ん中に
写真の、水面のちょうどしたに。

正確にはどこにいて
わたしが大きいのか小さいのか
はっきりとはしません。
水の揺らめきのせいで
光が歪んでしまうものだから

でも時間をかけて見つめつづけると、
いつか
わたしが見えてくるでしょう。）

洪水のあと、わたしたちは

After the Flood, We

残されたのは、
きっとわたしたちだけ
一面に立ちのぼる霧のなか
この森のなか

高台の安全な場所をめざし
橋を渡る

（木々はまるで海に浮かぶ島々）

水にさらわれた母たちの
水底に沈んだ骨を拾いあつめながら
（わたしの手のなかで硬く丸い）
その間じゅう、白い霧が水流のように
脚をあらってゆく

足もとに広がる森では、
きっと魚が泳いでいる
鳥のように、木から木へと
そして遥か離れたところでは
茫漠とした街が、沈黙に包まれ、
存在を知られることなく、海中深く眠っている。

あなたはわたしの隣で

きれいな朝だね、なんておしゃべりをしながら
のんびりと歩いている
洪水が起こったことなど
知ることもなく、

ころんとした小石を
濃く深い霧のほうへ
肩越しに適当に放りなげながら、

もう少しで産まれる者の
つまずきながらの初めての足音が
わたしたちの背後から
（ゆっくりと）ついてくるのを
聞くこともなく、
もう少しで人間になるはずだった
残忍な顔が石から

（ゆっくりと）
形づくられてゆくのを
見ることもなく。

メッセンジャー

A Messenger

どこからかやって来たその男には
どこにも行くあてがない

ある日突然
彼は窓のそとに現われた
地面と大枝のあいだの
宙に浮かんで

以前なら、偶発的な出会いはすべて
計画されたものだと思っていた。
不可解な見出しを手に
通りを駆ける新聞配達の少年、
暗号化されたメニューを持つウェイトレス、
路面電車には、謎の包みを抱えた女たち、
彼らはわたしに送り届けられ
その謎を解く時間も用意されていた

でも今回はあきらかに
不測の事態、あきらかにこれは
緑の天使でも、白黒の悪魔でも
正式な特使《メッセンジャー》でもない
ただ

窓のそとで
回転する無作為の顔

もっともらしい深遠な意味がないなら、
口やかましい隣人がいるこの界隈の
結婚相手の候補ほどに、偶然の産物
わたしに縁のある人ではなく、万人向け
あらゆる点（出身に職業、人生の目標）を検討し、
身分証明書を吟味し、
適当な相手なら、会話をする
吊るされた木から
彼が降りられたときにでも。

それにしても、どちらなのだろう

緑の神話なのか

白黒の作り話なのか
彼が鵜呑みにしてしまったのは
寄生虫のように彼に巣食ってしまったのは
彼を地面から吊りあげ
この窓まで連れてきたのは

見えないロープで旋回しながら
彼だと分かる顔立ちが
日に日に薄れてゆく

最初に両目が溶け、
木曜日には
肉体が透けた

わたしに向かって叫んでいる
（ほかの誰にでもなく）わたしに

跡形もなくなった口から発せられる
死に物狂いのメッセージを

沈黙の言語で

夕暮の駅、出発まえの

Evening Trainstation, Before Departure

わたしはいつも
動いているように思える

（わたしの背後には女
公園の木製のベンチに
暗闇のなか倒れこむ
なにも考えず。

女の背後には滑り台
滑り降りる子どもたちの
金切り声が
彼女の意識を深い淵へと
つき落とす）

動いている

（わたしの前には男
四階の白い部屋で
立ちつくしている
カミソリを手に構え
（それとも夕暮が
カミソリなのか）
なぜ持っているのかと考えながら）

いっしょに動いて。

ここで動きを止め
詰め込んだスーツケースの際《きわ》で
わたしは身をかがめる
(なかには収集品
汚れた服、プラスチックのボトル、
ハサミ、有刺鉄線
そして
女と
男)

すぐにすべてが動き出すだろう
男は部屋から転がり出て、
女は黒い手袋をはめた手に
カミソリを持つ

そしてわたしは列車に乗り
別の場所へとふたたび動く。

前の駅では
電気時計のしたに
どこへ、？　というポスター
なにかのキャンペーンの一環。

この駅ではスピーカーが
名前と場所を大音量で告げている
(その音は静止に似て、
静寂はカミソリの刃ほどに薄い)

次の駅には
女と男がいるだろう、

スーツケースのなかの
コレクションに加えられる
新たな顔、もしくは物証。

世界はわたしを
夕暮に染めてゆく。

準備はすっかりできている
今度は遠くへ。

わたしは動き
瀬戸際で生きる
(どこへ)
そこにあるすべてのカミソリの
刃先へ。

チェス・プロブレムを解こうとして

An Attempted Solution for Chess Problems

チェス盤に向かい
妹は次の手を考え込んでいる
自分の帝国をどう配列しようか
(床にあぐらをかきながら)

地階の物置では
母親の荷物箱から

引っぱりだされた
刺繍入り衣装が、
壁一列に並び
妹が指揮に迷うと
とたんに陣形を崩す

チェスの駒の影が伸び、妹に落ちる
彼女は歴史に囚われている、
木製のトーテムが
記念碑のように迫りあがる

（でも）

この部屋の窓外には
緑に緑を重ねた織物を広げる
ランドマークのない大地、

太陽をのみ込むほど
口を開ける瞬間に覗く内膜
天空についた焼け穴。

光に縁取られた刃のごとき木の葉
その間隙に、家は怖じ気づき後じさる
年代物の銀時計、錦織りの椅子、
狩猟ホルンの
消えゆく響きとともに
地下室の暗闇が迫りくる。

白のキングは
記憶と手順に沿って動き
追い詰める
終盤戦ではなく
膠着状態《ステイルメイト》へ、

妹の世界を自分の領土に取り込む
その一手は
緑広がる風景に白と黒からなる
桝目の跡を押し付ける

失敗に終わった解法は
武装した木の駒を一列に並べ
コインのかたちをした太陽のもと
機械仕掛けのユニコーンを狩る
木製のキングとクイーンを
うろつかせただけだった。

妹が階段に足をかける音が
コンクリートの迷路に響きわたる。

地階では鎧をつけた衣装が

さらさらと衣ずれの音をたてながら
袖通されるのを待っている。

わたしの峡谷で

In My Ravines

今年、わたしの峡谷では
落葉は早かったけれど
暖かな時期が長くつづいた
年老いた男たちは、
自分たちのことを悼みながら
わたしの峡谷の
腰の高さまで伸びた

黄色い草むらを抜け
ハンノキと紫の花をつけた
雑草のなかを、袖に毬《いが》をひっつけて
歩いていった

彼らの目に映るのは
小さな男の子たち
葉が落ちた木々によじ登り
谷の小川に浮かべた
ブリキの缶に向かって
小石を放りなげ、そして
先行く人か、乗用馬の蹄で
踏み固められた険しい道をたどる

夜になると
彼らはわたしの（いっそう静かな）

峡谷の町の橋のしたで
眠りについた

年老いた男たちは、アザミのように絡まり
衣服は朽ちた花
無精ひげは刈り株を思わせる

少年たちは、彼らのうえで
野生に返り
木によじ登り
葉が落ちた瞼の血管と
古い怒りのように
深紅に炸裂する
日没前の血染めの枝に
体を揺らす

年老いた男たちが見る
大量殺戮の
夢のなかで
(不可能な)
逃亡の夢のなかで。

カーペットに潜る

A Descent Through the Carpet

i

窓のそとに見える港は
平らで山々と帆船
そして駆逐艦が
　ガラス越しに奥行きをうしなう

でも部屋のなかには
カーペットが広がり　その模様は
　栗茶　緑　紫
　　繊細な葉としっかりとした
　　花びら

目の高さにある
複雑に渦巻く庭園に
体を伸ばすと
海原が近くなる、
　陽光が
この屋上の水槽へと
ガラス窓から流れ込む
淡くひかる浅緑のなか
ゆらゆらと辺境の果樹園をくだる

枝々には豊かな
色彩の
　　羽
　　　　そして果実が
　満ちる
さらに深く長きにわたる氷河期へと潜りゆく
　　　　冬の
気圧
　　無限に雪が降りゆく海のなか

ii

だからといって
安らぎもなぐさめも忘却もない。
この荒廃した海に

海底の王国や
エデンの園などない

散り果てた
戦いの記憶にあるのは

飽かず喰らう者と
飽くことなく喰われる者の
冷たい宝石で飾られた対称のみ

幻想の生物は
暗闇のなかで業火に燃え
ニューロンのごとく閃光を発す
その眼は光をうしない、喰い足ることなく、
あご骨が砕けるほどに飢えている

ここでは
意識とは
絶対的な
　　　　恐怖。

iii

砲撃
　　窓のそと
　　　　九時
水の膜を破り
もがくように起きる
浮かびあがり
カーペットに打ちあげられ

空気をふたたび肺に入れながら
凝視するさきには

夥しい量の鱗と

握りしめた自分の
手
　　　皮膚に
はりつく

　　　先祖の残片

　　　化石化した骨と牙に似た歯が

確かにある。

わたしは生まれた
　　時の水底から浚《さら》いとられ
停泊する
戦闘が始まった夜に。

トランプ遊び

Playing Cards

この部屋にわたしたちはいつもいる。
ほかのどの遊びにも飽きて
わたしたちはトランプを取り出し
ダブル・ソリティアを始める。
二人のうち
どちらかが勝てるかもしれない

唯一のこと。

クイーンが一人。
いえ、二人
腰部で、いいえ腰のあたりで
繋がっている
（分厚い金襴《きんらん》の衣装じゃ
正確なことなんて分かりっこない）
というよりも、一人の女に
二つの頭部？
それぞれ髪を後ろに垂らし
きちんとした線で
紋切り型の一部の
半微笑を浮かべている。

それぞれの手には黄金の花

五枚の花片は、規律正しく
萎れることがない。

部屋のそとには湖
いいえ、こんどは道

キングも一人（いえ、二人）
自分は男だ
と誇示をする
あご髭をたくわえ
手にはなにか抽象的なもの
王笏《おうしゃく》かもしれないし
剣かもしれない。

色は重要じゃない、
黒だろうと赤だろうと。

ハートかスペードかも
大したことじゃない。
肝心なのは
花と剣。
だけど、どちらもペラペラの
作り物。

部屋のそとにはトラック
いいえ、もしかしたらモーターボート

灯に照らし出されたこの部屋で
テーブルを挟み、わたしたちは
向かいあう

衣装は着けず。

あなたはなにも持っていない
王笏の役割を果たすものを
わたしだって
もちろん
花なんて持ってない。

フックの男

Man with a Hook

この男について
わたしが知っているのは
(一年ほど前、彼が若かったとき)
地下室で自分の腕を吹き飛ばしたこと
芝生のコマドリを
爆破しようと
爆弾をつくっていて。

今、彼にあるのは
手ではなく、フック

それは精巧な装置で
さまざまな付属品がついている。
食事のためのナイフ、
プラスチック素材のピンク色の手は
ふだん握手をかわすため、
ふくらみをもたせた黒い革手袋は
社交用。

同情を寄せてみても

ほら、狂信者のように、
ギラギラしながら言うの、

俺のフックは進歩だ、って。
　　　　　　そして実証してみせるため
自分の腕を降ろすと、鉄鋼のクエスチョンマークが
くるりと回転し、開いて
火のついた
巻きタバコから
　　　　　　ヒュルと
くずれそうな灰を摑む。
精密なこと
わたしの
不器用でやわらかな
桃色の指では
できやしない。

都市設計者

The City Planners

乾いた八月の陽射しのなか
住宅が連なる日曜の通りを巡航する。
不快なのは
その健全さ
杓子定規に居並ぶ家々、
衛生的な植栽は、うわべの水平を主張して
わたしたちの車のドアについた凹みを

咎めているかのよう。
怒鳴り声も、ガラスが砕け散る音も聞こえない
不意に漏れるのは、短く整えられた芝生に
一直線の刈跡をつける草刈機が
ヒューヒュー立てる機械音。

でも、車道を均し
ヒステリーを手際よく避けても、
焦げつく空を敬遠し
屋根の勾配をすべて均一にとっても、
ちょっとしたこと、
たとえば撒かれたオイルの臭い
ガレージに淀むかすかな嫌悪感、
殴打の痕かと胸を衝くレンガに付着したペンキの飛沫、
毒々しくとぐろ巻くプラスチックのホース、
幅広の窓でさえ、無遠慮に一点を凝視しているから

垣間見えるのだ
漆喰の壁にもうじき走る亀裂
そこから覗く隠された風景

家が転覆し、泥の海に傾き、
沈み込む、鈍く重く氷河のごとく
今はだれも気がついていない。

都市設計者が
政治的な陰謀者の狂人じみた顔をして
測地されていない土地に散在する
互いに正体を知られぬよう、
人目を避けた自分だけの猛吹雪のなか
指図を推し量りながら、彼らは

壁に、幅木のように頑強な
束の間の線を描く
白く薄れゆく大気のなか

秩序立った郊外の恐怖を設計しながら
雪降りやまぬ平坦な錯乱のなか。

路のうえの、愛

On the Streets, Love

路のうえの
愛は
このごろでは
腐肉を食べる動物のもの
（死を生にする）もしくは
（生を
死にする）捕食動物のもの

（大型の広告板の女性は
白いエナメルが輝く歯に
赤いエナメルのかぎ爪で、
男たちを狙っている

男たちは
その前を通り過ぎる
自分が彼女を生き返らせたなんて、
あの体がボール紙でできているなんて、
採取された自分たちの欲望が
女の静脈に流れているなんて
思いおよぶこともなく）

（ほら、灰色の男が
フランネルのように
足取り柔らかく

広告からすべり抜ける

それを大喰の女たちが
目で追いかける
とっても端整、
切り紙のようにシュッとした端々
レタリングされ澄んでシャープな目
彼を自分のものにしたい
…あなた死んでる？　あなたは死んでるの？
彼女たちは尋ねる、そう願いながら…）

愛って、どうすればいいのだろう
このごろでは路のうえにある愛
あのあなたをわたしはどうやって
知ればいいのだろう、それにあなたは
あのわたしをどうやって

知るというのだろう、

わたしたちは
生き返るチャンスを待っている
糊付けにされた紙切れの
あの人たちじゃないということを
どうやって確かめるというのだろう

（いつか
わたしはあなたの喉の
あたたかな肉体に触れ、
カサカサという紙の音を聞くだろう

あるいは、わたしが考えていることなど
すっかり読みとれると思っているあなたは
わたしの舌の黒いインクを味わい、

気がつくだろう
皮膚のすぐしたに書かれた
小さい細則の文字を。）

プロテウスのなれの果て

Eventual Proteus

あなたを抱いていた
あなたの形態が
組み替わる最初から最後まで。
採掘された岩が骨になり
骨髄に変化する
獰猛な獣毛は体毛へと薄らぎ
鳥の鳴声はあなたの咽喉にきえる

あなたの皮膚から樹皮が色褪せ
両の眼からは木の葉が落ちる

よろめきながら、ふたたび
ありふれた男に戻るまで始終。
アイロンでてらてらになったギャバジンの服を着て
街角をぶらつく男、
すえた臭いのするテーブルにしな垂れかかる男、
夜にはパン屑と果皮の夢を見ながら
口もとをピクピクさせ眠る男
そして、湿ったベッドに囚われ
衰えた女。

初期の
言語は廃れた。

このごろは
互いを疲弊させる隔たり。
剥げた部屋のうつろな空間で
借りものの数分間行なわれる
スパーリングのような論戦、
いつもどおりの階段をあがり、
疲労でかすれたわたしたちの声、
警戒する体。
わたしが向ける不信にあなたは収縮し
蒼穹《そうきゅう》を高く揚げることなどできない、
変身にまつわる伝説を
ふたたび始めることなどできない、

この姿が最後。

ほら、垂直に切り落ちる

うつろな
数インチの空気を越え
あなたはわたしに近づこうとする

あなたの肉体にはもう物語も
驚きもない

わだかまりを残す
あなたの指
その毒舌をうけて
顔をそらす、
キスという腐食性の言葉。

食事

わたしたちは清潔な食卓につき
清らかなお皿から思考を食べている

ほら、ここにわたしの心臓
無菌で、ガラスみたいに透き通っている

そして、ここにはわたしの大脳

A Meal

頭蓋骨でできた器に入って
冷水のように澄んでいる

おしゃべりをしているあなたの言葉は
ナイフとフォークが立てる
カチャカチャという
痩せた金属音となって耳に落ちる。

安全だけは
他のなにものにも代えられないから
わたしたちは食べるのも飲むのもほんの少し、
よそよそしく抽象的な骨をつついている

でも、なにか隠れている
わたしの肉体という
擦られて剥き出しの

食器棚のどこかに
棚に張り付き
他人の残り物で
食いつないでいるもの

こそこそした昆虫、狡猾で原始的な生きもの
肉のうちに
当然のようにいるゴキブリ
塵に巣食うもの。

煌々《こうこう》としたこの部屋の
照明がすべて消えたあと
それはじりじりと這い出てくる

（暗闇では踏み潰せない
ねぇあなた

殺虫剤と入念な石鹸のにおいがする
あなたの知性的な手では
探し出せない）

わたしたちが飢えに苦しんでも
それは関係なく生きつづける

うっかりこぼれた
すこしばかりの愛の屑を
貪り喰って

サークル・ゲーム

The Circle Game

i

芝生で子どもたちが
手と手をつなぎ
くるくる回っている
腕は隣の腕へと伸び、

くるりと円を描き
完全な輪になって
ふたたび
ひとりひとりの
体に戻ってくる

子どもたちは唄っている、でも
互いに声を合わせることはない、
足が歌声につられるように
動いている

懸命な顔つき、
目のまえで
回転する
空虚な空間を
凝視するまなざし。

この恍惚とした回転が喜びだと
誤解していたのかもしれない
でも、そこになんの喜びもない

わたしたちは（腕を組み）
子どもたちが
我を忘れて
一心不乱に
くるくると回る姿を
見つめ（芝生は
一瞥もされず、
芝生を囲む木々は
顧みられず、湖は存在しないものとなり）

回りつづける彼らにとって

重要なのは
　（早くなったり
　　遅くなったり）
くるくる回ることだと知る

ii

あなたと一緒に
ここ、この部屋にいると
ゼラチンの粘度にまで
表面が溶けた
鏡のなかを手探りで
進んでいるように感じる

あなたは鏡に映るそのままの
自分の姿を拒む
（そして、わたしも）
でも鏡から立ち去り、
離れようとはしない。

とにかく、これほど多くの鏡が
ここにあるのは都合がよい
（縁が欠け、歪んで掛けられている）
部屋には
横木が高くわたり
からっぽの洋服ダンス、
扉の反対側にまで
鏡が一枚。

隣の部屋には人がいる

諍いの声、抽斗《ひきだし》を開け閉めする音
（壁が薄い）

わたしを素通りするあなたの視線、
あなたは隣の部屋の声を聴いている、
たぶん、あるいは肩越しに
わたしの背後のどこかに映る
自分の鏡像を
見つめている

あなたが動くと、ベッドが
わたしたちの重みで、焦点を失ってたわむ

隣の部屋に誰かいる

隣の部屋にはいつも

（聞き耳をたてている
遠いあなたの顔）

誰かがいる。

iii

でも、
ゲームにはすべて
理由が
あるらしい

どれほど最初
解り難く

見えたとしても

晩、子どもたちに
伝説の物語を読み聞かせる
死闘の数々、森の奥での
密かな裏切り、
凄惨な死に様、

彼らはほとんど聞いていない、
ひとりはあくびをし落ち着きがなく
ひとりはトンカチの木の柄を噛んでいる、
末の子は
つま先の擦り傷をいじっている

わたしたちは不思議に思うのだ
どうすれば恐怖心どころか

関心すら持たず
平然としていられるのか
瀕死の英雄に最後の剣が
振り下ろされるそのときに。

次の夜
浜辺を歩いていると
塹壕があった
それは子どもたちが作っていた要塞。
先の尖った小枝を
砂の堀に突き刺し
砦を固めている

湖に隔絶された
橋のない島。

それは最後の試み
（一時間もすれば
潮に壊される
けれど）
たぶん、あたたかな逃げ場を
作ろうとして

夜の浜辺を歩いている
（剣の心を持った）あらゆるものから
身を守ろうとして。

iv

部屋に戻りながら気がついた。
あなたの言葉遊び、

計算された体の駆け引き、
冗談めいた触れ方は、
今では
わたしを寄せつけないため
わたしがここにいることを
(のらりくらりと)
認めないための
方策だということに

わたしはあなたを見る
わたしの顔を関心なさげに
見ているあなたを
ふいに発見した自分の体の一部、
イボにでも
向けるのと同程度の
ぴんと張った興味で

わたしを見据えるあなたを

そして思い出す
あなたが話してくれたこと
子どものころ
あなたは地図をよくなぞっていたと
(描くのではなく)
ペンや人差し指を移動させ
川の水路を追って、
山の隆起を印す
さまざまな色に沿って。
あなたは名称を記憶していたと
(それぞれの場を
相応しい場所に
固定しておくために)

そうして今も、あなたはわたしをなぞる
国境を指でたどるように
見知った自分の肌にできた
見慣れぬ皺に触れるように

そしてわたしは動けなくなる
この部屋という、あなたの幻想の領土という
広げられた地図に固定され
（ここにあるのに、ここにはない
たとえば、洋服ダンスや鏡
壁越しの声
ベッドのうえに蔑ろにされたあなたの体）、
あなたの冷たく青ざめた
視線の画鋲《がびょう》に
突き刺されて動けない

v

子どもたちが好きなのは灰色の石の塊
昔は砦だったもので
今は博物館。

なかでも
かつて異国から
持ち帰られた
銃砲と甲冑。

家に戻ると
彼らの絵は何日も
騒がしくなるだろう、剣や
古代の太陽を象った戦棍《せんこん》

折れた槍
そして鮮赤の爆破で。

子どもたちが大砲を
探索しているあいだ
（わたしたちの子どもじゃない）

わたしたちは土塁に沿って歩く、
踏みつける足と花茎からの
打ち続く攻撃を受け
土の砦が崩れていく様子を
気にかけながら。

かつては野外に配備され
戦いでその力を振るった
武器は

今や屋内で
そこ、要塞のなかで、
弱々しく
ガラスケースに囲われている。

どうして
（石組みのアーチを縁どる
作り込まれた塑造《そぞう》のことを
考えながら）
この時代に
これほど入念に防備を固め
もう（それほど）
守るに値しないものを
守っているのだろう？

vi

あなたは安全なゲームをしている
孤児ごっこ

みすぼらしい冬のゲームで
ひとりぼっち、と言う遊び

（空腹で、あなたはわたしにも
その遊びをして欲しいのよね）

家なき子のふり
すべての嵌め殺しの窓に佇み、
寒さに震え、やつれた鼻を
窓ガラスに押し付け、

襟元に雪をつもらせ、
幸せな家族を眺めるゲーム

（嫉妬のゲーム）

でもそんな家庭を軽蔑している
ヴィクトリア朝のクリスマスカードだと。
陽気な暖炉を描いた
顔料のしたに、
サテンのリボンをかけた
郊外の笑い声に、
安紙が透けて見える
それぞれの家の
室内ゲーム。
父親役と母親役をする
父親と母親

彼は仲間はずれにされ
寒空のした
ひとりぼっちで
満足なのだ
（自分を抱きかかえ）。

この話をしたら、
あなたは言った（安モノの氷柱《つらら》飾りのような
でっち上げの微笑みを浮かべ）

君だってそうじゃないか。

ある意味それは嘘、
でも本当だとも思う、

いつもそう。

わたしは違う季節に
違う窓のそとで
そんな遊びをすることがある。

vii

ふたたび夏
この部屋の無数の鏡のなかで
子どもたちが同じ歌を唄いながら
くるくると円を描く。

乾いた芝土ほどにみすぼらしい

簡易ベッド、
穴のあいた
皺だらけのベッドカバーは、
子どもたちの草深い芝生

傷んだ壁には
取り囲む木々があり、
排水管のつまった粗末なシンクは
彼らの湖

（スズメバチが飛んできた、
近くの海辺に置かれた
サンドイッチの食べ残しにつられて
　　（こういう細かいことを
　　あなたは本当に周到にする）
子どもがひとり後退りするけれど

立ち去ろうとはしない）

あなたは子どもたちを
自分が決めたゲームの
秘密のルールに従って
なんどもなんども回転させる
でも、そこになんの喜びもない

わたしたちは横たわる
互いの腕と腕を重ね、
寄り添いも離れもせず
（あなたの見張るような眼差しのせいで
わたしは変わってしまった
骨でできた檻に囚われた気骨のない女に、
中身が露わにされた廃れた砦に）、
わたしたちの唇は動く

子どもたちの歌声に合わせるように

隣の部屋から聞こえる
抽斗を開け閉めする音に
耳をそばだてながら

（もちろんいつだって危険は潜む
でもそれがどこにあるか
あなたに分かるというの）

（子どもたちは
ガラスでできた球状の檻を
糸ほどに細い虫の声で
生暖かな空気から
くるくると紡ぎだす）

わたしたちは横たわる
ここで、
防衛の拠点を移しながら、
部屋から部屋へと
さまよう単調さに囚われて、

この骨を壊したい、
わたしを幽閉するあなたのリズムも
（冬、
夏）
ガラスケースも全部粉々にしたい、

地図をすべて消し去りたい、
砕いてしまいたい
唄いながら回転しつづける
あなたの子どもたちを守る卵の殻を。

円環《サークル》が
壊れてほしい。

カメラ

あなたはこういう瞬間を欲しがる。
もうすぐ春、散歩するわたしたちに、
風が吹く

歩いていると
目の前で陽光が葉を編んでゆく
日曜を思わせるからっぽの風

Camera

歩道の水溜りに虫が湧き
その雨水が乾いてゆく
ふたりの瞼には微かな引っかき傷
夜の痕跡、風にそよぐわたしたちの指先

あなたはこの一瞬が欲しくて
配置を決める。

教会を背景に、眺めを考え、
わたしを立ち止まらせ
芝生に立たせて構図をつくる。

雲は流れぬよう
風は沼地に建つ教会を
揺らさぬよう

太陽は身動きせぬようにと
あなたは要求する

整った瞬間のために。

カメラのあなた
どうしたらそのレンズの眼を愛せるというの？
あなたの視線が今どこに向いていても、
ねえ、もう一度見て
あなたの記念品を、
ツヤツヤした四角い紙を、
それが完全に溶けてしまうまえに。

秋の終わり
葉は散り散りにほどけてしまった

前景にある泥だらけの瓦礫の山、
それはあの教会

わたしが身につけていた服は
芝生に散乱し
コートは裸の木ではためく

ハリケーンが来たの

地平線に向かって
光の速さほどで飛んでゆく
あの小さな黒い斑点は

わたし

冬に眠る者

沈黙という厚手のキルトをかけて
彼らは並び横たわる。
吹雪で大気が塞がれてゆく。

雪吹き寄せ　漂うこの地では
窓からゆっくりと
部屋との境界がきえる

Winter Sleepers

白いシーツは
風にふくらみ　海にたなびく。
深い眠りのなかに
確かなものはなにもなく

あるのは彼らをのせて
浮流するこのベッド、
荒々しく波打つ海を凌《しの》ぐ
救命のいかだだけ。

ベッドのしたでは
朽ち果てたものが渦を巻き
吹き溜まりをつくる
落葉、折れた小枝、
小動物の

水で膨れた骨が
海底の堆積物のように
雪のしたに集積する。

そとでは、土地が
溺れ死にゆく人々でうめつくされている

地面は薄く伸び　　　遠ざかり　　　近づき

彼女のかたわらで
彼は崩れ落ち　そして沈んでいった
彼女が気がつく少し前に。

スプリング・イン・イグルー*

Spring in the Igloo

長い間ずっと太陽は燃えていたのだ
わたしたちが目にするよりも前から。
天井越しに太陽が焦げ、そのときようやく
わたしたちは日の光を知った。

巨大な夜の真ん中に
生きていると思って

体温を蓄えてきた
わたしたちは、
その輝きに驚愕した。

この住処を作ったのは
わたしが極寒の気候を
望んだから、
暗いここでなら、あなたが
太陽の代わりになれたから

でも地球は
わたしの事情や
人類の誤算など顧みず
独自の論理で回転する

そしてわたしたちは
生暖かい大海へ吹き流される
溶けゆく冬のかけらにのって

（氷河のような無知のなかに
ふたりは長い間
凍りついていたから
泳ぐことなど
想像もできない）

わたしたちと惨事を隔てるのは
薄氷だけ。

＊イグルー　ブロック状にした雪や氷を積み上げて作ったドーム型の家。カナダ最北部の地域に見られる。

女預言者

A Sibyl

窓のした
翳《かげ》りゆく
裏庭の花壇で
子どもたちが
戦争ごっこをしている

棚のうえには

空き瓶の山

わたしの女預言者シビュラは
（女はみんな、ひとりは持っている）
そこに住みつくと決めたのだ

淡い緑色のワイン瓶は
慎ましい夕食に注ぎ
橙がかった茶色の粉末飲料《オバルティン》の瓶は
安らかな眠りに溶かして空になった

わたしのシビュラは
瓶のなかにしゃがみこむ
しわくちゃの
ピクルス漬けの赤子、
フリークショーにいる
双頭の神童、毛は無く

盲目の眼球は卵白のよう

わたしは佇み
夜に沈みゆく街を見る

シビュラがわたしに呼びかける
何人もの子どもの声音で
わたししにたくない
でもあなたはしぬの　はやかれ
おそかれ　ごしゅうしょうさま
うまれたのだから　そうでしょう
時が火砲を轟《とどろ》かせる
つがいになっても　むだよ
おおぜいとでもね
わたしには　わかるの
よげんしてあげる

でも彼女の手はわたしには届かない。
年老いた蜘蛛
シビュラ、
コルク栓を抜いて
少し空気を入れてやろうか
それとも無視してやろうか。

今この時
わたしの肌は
巧妙なトリックが詰まった袋、
誕生日のプレゼントみたいに
リボンがかけられた五感は
わたしを覆う破れた蜘蛛の巣のなかで
ほどけてゆく

男がわたしのキッチンで踊る、
その動きはメトロノーム
彼のポケットからのぞく
半分空けた瓶には
朝食までいられるかも
という期待

子ども用の三輪車から
ロケット弾が発射される予兆がする
わたしにはそれが分かる

時が尽きてゆく
男の規則正しい腰の動きが
チクタクと音を立てる
ピクピクする彼の頭蓋骨が
だらしない脊椎骨のうえで痙攣する

わたしのキッチンで
花壇がそれを予言する

街が燃えあがる
爆発の残光とともに
街灯が一斉に点るように

自らを
わたし
と呼ぶこれは
今この時
どうでもいい

わたしはどうでもいい

そんなことは

必ずわたしのそばにいる
シビュラに託す
(そのために彼女はいるのだから)
安全に瓶詰めされた苦悶と
ガラスの絶望とともに

移住——カナダ太平洋鉄道で

Migration: C. P. R.

i

霧に包まれた東部のアレゴリーから逃げる。
その地では、祖先から受け継がれた出来事が
フジツボのように脳裏にへばりつく。
手袋をしたまま交わす握手はすべて
相手への指弾なのかもしれない。

ショーウインドウを覗きこむと、
必ず目に入るのは
反射する影、拿捕船《だほせん》の枯骨、
悪習を戒める説教壇の
小言好きなメソジスト派の祖父たち。
東部では、完全には忘却されることのない歴史が
先祖代々続く農家の板材を腐らせてゆく

漁師たちは終日
時を経た埠頭に座る
海へも陸へも向かず
使い古した仕掛網を繕い
絡まりを解く
それは思考の網

言葉が法

わたしたちは西へ逃げた

未分化の
絶対的な始原を
求めて

（列車は
脳裏の闇に支えられた
箱舟）

しかし内なる湖は
太古の大海の記憶を氾濫させる
最初の洪水、血みどろの
敵と物体
（わたしたちの列車は箱舟だったのでしょうか

それともウミヘビだったのでしょうか?)

草原は先史時代ほどに
乏しい記述しかなく、
隠された数少ない物体は
道標よりも前触れなく立ち現われ、
そのひとつひとつが
深遠な暗示を含む

(たとえば、人跡未踏と
思われていた不毛の地で
発掘された文字模様が入った破片
割れた器
あるいは焼けた骨)

(背の低い木々は禍々しく

すべてに歪んだ知恵が実っていた、
そこで林檎は育たないと
知ってはいたけれど

それにあのシルエット、
蹄に踏み荒らされた河畔で
虚空を睨む姿は
ケンタウロス
だったかもしれない)

山々さえも
近づくと、
円錐形で、またも
因襲的。
(荒野の天幕?
三角錐の

船？ 塔？ 乳房？
言葉）
ふたたび
行く手をはばむ障壁

ii

峠に入ると、ついに
大きく断層の走った峡谷が
現実のものとなった。わたしたちは
東部からのスーツケースや
旅行手荷物をすべて
後部車両から投げ捨てた。
車外には
航跡が線路にのび

そして（わたしたちは見た）列車は
ようやくただの列車となった、
現実に迫る落下の危険に晒され、
わたしたちは身をかたくし
口もきけず
新しい山間を通過する
拘束を解かれ
足を踏みいれる

自由に現われでるものよ
人の手の入っていない
道や丘陵に
背後から始終忍び寄る
意味づけから解放され
（肩に触れるときのあの冷たさ）

わたしたちの顔は真っ白な紙ほどに滑らか
この上なくまっさら

（そしてまた
新しい家、
新しい食器、
新しい無用なものを必要としている）

iii

ここには中古品店が
予想していたよりも多くある。
なにひとつ持ってこなかったけれど
（そう思っていた）
わたしたちは荷を解き始めた。

残された真鍮製の寝台フレームには
誰にでもあてはまる
新郎新婦のイニシャル。
欠けがある寸胴のティーポットは
トーテムのような古い母像、
箱に詰め込まれた中古の帽子。

森のなか、
踏みならされた道から
離れたところでさえ（鋸で引いた
モミの切株を見ると）
多くの者がすでに同じ道を
通ったことが分かる
（樹皮に彫られた
象形文字）

ここでは土壌から生えでるものは
うるさいほど
青青としているから
自然の植物とは思えない。
(わたしの昏い過去は、
見れば、
まだあの飾り窓のところでしょう、
いつもの書物と
人差し指の
手袋と並んで。)

ここには海もある
港に留まることを拒み
霞む大気となり
ときには水死者の小さな手に似た

褐色の海藻を
沿岸にうちあげる海
（ここでも漁師たちが
網を広げている
同じ風景）

丸みをおびた山々が
うねる
（原初の鯨でしょうか？）
逃げることなどできない
霧のなか。

内面への旅

Journey to the Interior

類似点
気がついたことといえば
視覚のせいで壁に溶け込み、
平らになった丘陵は
わたしが動くと
どうぞと口を開け、
草原のように無限に広がること。

ひょろりと伸びた木々は
沼地にその根を張っていること。
ここは貧しい土地だということ。
手で触れてようやく
こんなにも荒い岩肌の崖だと分かる、
だから到着不可能なのだ。なにより
旅とは、ある地点から別の地点へ
地図上の点線、四角い表面に記された場所へ
移動するような気楽なものではなく
むしろ、絡まりあった枝々に包囲され、
まとわりつく空気と、明滅する網目のなかを
動きつづけるものだということ。
ここより他に向かう先はないこと。

相違点
もちろんある。頼りになる地図がないこと。

もっと深刻なのは、些細なものに気が逸れること。
あなたの靴が片方、椅子のしたのイバラに引っかかっている
あるはずもないところに。
仄白く光るマッシュルームと果物ナイフが
キッチンテーブルのうえに。判決を告げる一文が
倒木のようにむくんで、行く手を遮っている
ここは昨日も通ったはず
　　　　（わたしはまた
堂々めぐりをしている？）

でも、なにより違うのは危険であること。
大勢の人がここに来たけれど、
無事に戻ることができたのは僅か。
コンパスは役に立たない。
常軌を逸した太陽の動きから、

方向を見定めようとすることも。
ここにある言葉も
無意味
空白の荒野で
人を叫び求めるようなもの。
　　　　なにをするにしても
正気でいなければ。分かっている
ここで永遠に迷子になるのは、
どこよりも簡単だということを

木と石からなるもの

Some Objects of Wood and Stone

i　トーテム像

公園へ行くと
木で作られた人々が設置されていた。
生彩を奪われ、ひと絡げに
根こぎにされ
移し植えられて。

顔は修復され、
彩色されたばかり。
彼らを背景に
また別の木偶《でく》の人々が
互いのカメラに向かってポーズをとっていた
そばにはレプリカとおみやげを販売する
新しいブース。

一方は本物だった。
ぐらついて倒れたか、あるいはただ
冬天《とうてん》を耐え忍びつづけたせいなのか
地面を背に粉々に砕けていた。
頭部がひとつだけ
無傷で生きながらえたが
それももう朽ちはじめていた

しかしなお
古木が大地へと還る流れのなかに
消滅のなかに
命があった

きれいに伐採され
直立する人影にはないもの。

わたしたちはといえば、永遠の観察者、
別種の旅行者で
崇拝するものなどなにもない。

自分たちの写真を撮ることも、
夏の晴天へのこだわりも、
ポストカードを買うことも、
笑顔でいることも

ない。

わたしたちのところに
生き残ったトーテム像はほとんどなく、
通りすぎるときに、
ガラス越しに目にとまるのは

枯れ果てた草地の死んだ樹木
湿地帯で色褪せゆく死んだ根元。

ii　小石

話すのは難しい。代わりに
わたしたちは色のついた小石を
それが生まれた

砂浜で拾いあつめた。

海で滑らかに、海で仕上げられた小石。
伝えたいことをかたちのなかに
閉じ込めている
無造作に必然的に
言葉のかたちのように

わたしたちがようやく
口をひらいたとき
声の響きは
空気のなかに　　ひとつ
ずっしりとなめらかに　たしかにそこに
落ちてゆき
たちどころに鈍くなり、音のように
消えた、　　　　拾いあつめた小石のひと握り

家に持って帰ろうとしても意味がなく、
色とりどりの小石が一面に広がる
浜辺に落とす

立ち去ろうと向きを変えると
小さな鳥の一群が
突然の動きにおどろき
散り散りに飛び去り
消えていった、力強く

海の小石
つかの間
空になげうたれた

言葉のとびゆき

iii　彫刻の動物

小さな動物の彫刻が
手から手へと
円を描き
手渡され
やがて石がぬくもりをおびる

触れても、手にはわからない
石でできた
動物のかたちも
石ほんらいの
無防備なかたちも

手、指

手の肌のしたに隠れた小さな骨が
彫刻を包みこみ、
かたちを変える
石の冷たさをおび、石になり
動物になり、互いに入れかわり
肌が
石は人間なのかと思うほど

夜になっても
動物がいなくなっても、
手のなかに生まれた
かたちは
消えない

手が包む
なかばかたち作られた空気を包む

あたたかな手

前—両生類

Pre-Amphibian

ふたたびわたしは沈んでゆく
あなたの体
水をふくんだ流木に
そっと動かされ
水中の大枝にもつれる水草のように
わたしはあなたに絡みつく

ねむりは沼地の広がりのなかに、
わたしを包みこみ
褐色の沈殿物のあいだを
まどろみの蔦が這ってゆく
闇のなかで　姿をかえ　わたしたちは
このあたたかく朽ちてゆく植物の一部
根元でおこなわれる
この静かな産卵の一部

解き放たれる
日中《ひなか》の明瞭さから
陽のもとでは
あなたは輪郭を持つなにものかで、
わたしは空気から型とられた目で、
その線をなぞる
地上ではそれぞれが

適応しなければならない
固体ごとに

でもここでは　わたしの輪郭は
あなたへと滲んでゆく　ふたりの呼吸は
暗緑の何千年もの時間へと沈み
　とろりと　わたしたちの血のなかで
あらゆる先祖が
あたたかい魚となり泳いでゆく

大地が
動き、
焦点が定まる瞬間がせまりくる、
潮が引くその時、わたしたちは
目を覚まし、硬化する鱗をとおして
互いの姿を目にする

乾きゆく世界に
打ちあげられ、愕然とし

わたしたちは喘ぐ、空気は
この新しい肺に馴染まない
陽の光は朝の岸に無慈悲にも蒸気を立てている

静かな生活に逆らって

Against Still Life

テーブルの真ん中にオレンジ。
オレンジだね、と言って
遠慮がちに少し離れて、
眺めているだけでは
物足りない。
わたしたちとは無関係、

ただそれだけ
話はおしまい

わたしは触れて
この手におさめたい
オレンジの皮を剥きたい
オレンジだね、なんかよりも
語られるべきことをもっと
語るべきことをひとつ残らず
わたしに話してほしい

そう、あなた
テーブルの向かいに座り、遠慮がちに、
控えめな笑みを浮かべ、
日溜りのオレンジみたいに
何も語らないあなた

あなたの沈黙では
物足りない、
ほら、祈るように組んだ両手に
どんな満足があるのか知らないけれど、
話せることを
なんでもいいから話してほしい
日差しのなかで

子どもの頃の思い出、
放浪の話、恋愛のこと、
しっかりとした骨格、気取った態度、
あなたのついた嘘。

オレンジ色の静寂に駆られ
（眩しくて微笑みがよく見えない）

わたしはあなたをもぎ取って
なにか喋らせたくなる
ほら頭蓋骨を胡桃みたいにカチ割って、
南瓜みたいにタチ割って
なんでもいいから喋らせたい、
頭蓋骨のなかを覗きこみたい

でも静かに
十分、丁寧に
オレンジを手に取り
優しく包みこめば

卵
太陽
オレンジ色の月
ひょっとしたら頭蓋骨、

全エネルギーの中心が
わたしの手の中におさまる
かもしれない

そうあって欲しい
と願うものに
変えられる

そう、あなた、男
たそがれのオレンジに染まる恋人、あなたが
わたしの向かいに座っても
それがどこでも（テーブル、列車、バス）
十分、静寂をたもち
十分、時間をかけて
あなたを見つめつづければ

しまいに、あなたは言葉にするでしょ
（きっと声には出さずに）

（あなたの頭蓋骨のなかの
山々
庭園と混沌、大海と
ハリケーン、部屋の隅のこと、
曾祖母たちの肖像画、
独特な影をつくるカーテン、
あなたの功罪、秘密の
恐竜のこと、初めての
女）

わたしが知っておくべきこと
すべて残らず
ありのまま

わたしに話して
最初の最初から。

島々

The Islands

群島のなかのふたつの島
大きなほうの島には、花崗岩からなる
険しい断崖がわたしたちに面し、
深い湖へと真っすぐに切り落ちる。

小さなほうの島は、

陸地にちかく、岩礁が走り
薄墨色の枯れた木々が
腰の高さまで水に浸る。

島は孤《ひと》り
それはずっと変わらないだろう。

湖が寄り添うようにしてあり
もし湖水がなくなれば、
ふたつの島は
丘陵になるかもしれないが
それでも見えるところからは
独立した島であろうとするだろう。

広い島の
（わたしたち

ふたり）
崖に立ち
見渡すと、

この光景に胸がすく
（もしかしたら宥《なだ》めてくれるから
対称性や均整、
仲間を求める本能を）

群島のなかのふたつの島。

手紙、よせてかえす

Letters, Towards and Away

i

わたしたちには利用できません
利用できません、
そう言って
あなたへの受付時間を閉じた。

わたしの住む世界は
ほとんどのものが紙。
消印の押された
切手で住処をつくる。

手紙なら
受け付けるけど
わたしには触らないで、
くしゃくしゃになるから

わたしは伝えた

大切なのはあなたが
離れていること。

ii

姿を
見せてほしくなかった。

そんなことしないよう
通達したのに
どうしてわたしの領域に
押し入ることができたの

言い逃れを追求しないでと
わたしが引いた境界線を
越えないでと、
書いたのに、

あなたは自分の広い空間をねじ曲げ
そこにわたしを閉じ込めた。

iii

あなたは家にやすやすと入り込み
頼まれてもないのに
汚れた食器を洗った、

わたしの混沌が、
反転した真夜中や
汚れのこびりついた皿が、
あなたは好きじゃないから

日常的な普通の秩序かなにかを
回復させようとして。

それは、わたしにとっての普通じゃない。

わたしの住処では
食器が美しく清潔であることなんて
大事じゃない

たいして。

iv

愛という言葉は落ち着かない

わたしが言いたいことじゃないし
気取った歯医者の
待合室にある
雑誌に載っている話みたいにうんざり。
誰にこの言葉が使えるっていうの?

それならわたしは
あなたの痩せた背骨とか
あなたの眉毛とか
あなたの靴とかが
好きと言う

でもそこに立って
落ち着きなくいるだけで
あなたはわたしに語らせる

愛を。

V

息をするだけで
あなたはわたしの紙片の家を壊す

森に手をつき、
砂に足をおき
新しい場所を作りにかかる

穏やかに大海に入り
山々を、広がる空間を
なにもない海岸と

岩礁と陽光を、気前よく
創造し

戻ってくる、あなたは
塩の味がして、

わたしの体をつくり合わせる、
今までとは別の

場所

わたしが
住むための。

vi

わたしは感謝の気持ちを
大切にまとったりしない。帽子だって。

ベールや馬鹿げた羽根飾り
布でできた薔薇の花を
頭のてっぺんから生やして
どうしろというの？

風変わりな毛皮のついたこの感情を
どうすればいいの？

vii

かりそめの手で
あなたが創り出したもの
あなたが
破壊したもの

あまりにも穏やかだったから
そのときは気がつかなかった

でもあの壁の
紙はすべてどこへ？

もう
わたしには住むところがない

あなたがわたしのために架けた
空は
ひどく吹きさらし。

はやく、
わたしにもっと手紙を送って。

ある場所——断片

A Place: Fragments

i

辺境のここで、鞭打つ厳寒にさらされ
わたしたちは身をすくめ
生きている
氷の家に
望んで住んでいるのではない

生き延びるため
手元にあるもので作れるものを
作るべきものを作っている。

ii

年老いた女を訪ねたことがあった
いつもと違う遠道をゆき
閑散とした地まで。

整頓された住まい
時代遅れで冴えないけれど
さっぱりとした客間

フリンジ付きのクッション、

暖炉に並べられた
ガラスの動物（白鳥、馬、
雄牛）、鏡、
スコットランドから送られたティーカップ、
紋章付きのスプーンが数本、
ランプ、そしてテーブルの真ん中には
ペーパーウェイト
中空の球体ガラスに
水が満ち、そこには
家、人、雪嵐。

部屋には
塵ひとつなく
蜘蛛一匹いない。
わたしは
戸口の、支柱のところに立った

ここで

この平凡だけれど
厳格な内部の秩序と
手当たり次第に散乱したものや
澱んで粘ついた塊が
微妙な均衡を保っていた。道路脇の
排水溝、風に揺れる乾いた葦、
雨に打たれ小さくなった潅木、
灰色の空が吹き荒ぶ家のそと。

iii

都市は前哨地にすぎない。

ほらあの人
セメントのうえを雪靴で歩いているかのよう。
察知しているのだ、街路は沼地だと
もつれた地下茎の塊で
茶色の植物が腐食したものだと
あるいは、たやすく砕け
ぬかるむ薄氷だと
足もとの水が
自分をのみ込むと。

大地は緩慢な海流のように
流れる。

山々は海のほうへゆったりと渦を巻いて流れる。

iv

ここへ来た人々も
流れる。彼らの身体は
星雲状に拡散し、静寂のなか
星々のあいだをのびる歩道を横切り
天空一面に広がりでる

v

これが宇宙にいる
ということ
眼球が膨張し
その完全な漆黒に星々が
ぺたりと貼り付けられている

燃える塵の
宙舞う煤

vi

中心はない、
中心は
太陽が昇らぬ日の
影のように人知れず
わたしたちとともに旅をする。

戻らなければ、
ここは風景が近すぎる。

ほら、眼前を横切るのは

散乱した小枝、目の端に入るのは
羽が抜け落ちた鳥
点在する朽ちた木の幹
一塊の苔
そして愛の最中《さなか》では、
四肢と指の絡まり、
毛穴と皺のある皮膚の手触り。

vii

別の感覚がわたしたちを揺り動かす。
わたしたちは失ってしまった、
書き記され
錠を掛けられたものを解く
鍵のようななにかを

もしかしたら（未発見の
鉱山、岩石に隠れる
未知の鉱脈）
失われたのでも隠されたのでもなく
ただ、まだ見つかっていないなにか

それがこの混迷、この空漠さと
溶けゆくものに形をあたえ、
繋ぎあわせる。

高みでも背後でも
内部にでもなく、ともにある
ひとつの

わたしというもの。
大きすぎてシンプルすぎて

わたしたちには見えないなにか。

探検家たち

The Explorers

あと数分で
探検家たちが来て
この島を見つけるだろう。

（発育不全の島、
岩石ばかりで、
数本の樹木ほどの土地しかなく、

土壌は痩せ、
ベッドの面積もない。
だから
気がつかれなかったのだ
今まで）

ボートはもうそこまで来ている、
旗が風に揺れ、
オールが水を打つ。

彼らは歓喜に
沸き立つだろう、
未見の地があることを
発見したのだから、

島は足場ほどの

余裕もなく
探索するところは皆無だけれど。

でも彼らは驚くだろう

（姿はまだ見えない
けれど確かに近づいている、
たいてい数分遅れて
やって来るのだから）

（わたしたちがどれほどの間
打ち捨てられてきたか、
その理由も、そして
この齧られ腐食化した骨のうち、
どちらが生き残った者か
彼らには分からないだろう）

この二体の骸骨を見つけ

入植者たち

The Settlers

一隻目のボートが
岸に触れたとたん、
鋭い痛みが走るように
一瞬の小競り合いが起こり
次にはもう土地が開拓された

（もちろん本当は

岸なんてなかった
海水が物体をのみ込み
陸になったのだ。
大波をうけ、寄せる波を逃れ
広大とはいえないけれど
道路網と格子状の柵が
張り巡らされた陸地に）

わたしたちはというと、
鮫に小突かれ
彼らがやって来るまで
何世紀もの藍藻の歳月を漂っていた。
彼らは海岸から遠い内陸で
岩盤の畝に座礁している
わたしたちを見つけたのだ、
島の境界を定めているときに。

わたしたちの口きけぬ骨を
（混じり合っていたから、
ひとつの死骸のように）
彼らはオオカミのものと考え
堅い花崗岩層を掘り
わたしたちを埋めた。
その地中でわたしたちの骨は
ふたたび肉体をもち、
草木が
萌え出でた。

今もなお
わたしたちは塩の海
この地を支えている。

ほら、馬が
このあばら骨の柵のなかで草を食み、

子どもたちが駆ける
新緑の笑みを湛え
（ここがどこかなど知らず）
わたしたちが広げた両手の
野原のうえを。

訳者あとがき

『サークル・ゲーム』(*The Circle Game*, 1966) はマーガレット・アトウッド (Margaret Atwood, 1939–) の第一詩集であり、カナダで最も権威のあるカナダ総督文学賞を受賞している。アトウッドの初作であるが、厳密には同書よりも前に、『ダブル・ペルセポネ』(*Double Persephone*, 1961) などの作品が小冊子として発表されている。『サークル・ゲーム』にも、カナダのアーティストであるチャールズ・パクター (Charles Pachter, 1942–) がリトグラフを寄せたパンフレット版が存在する。しかし、一九六四年に作成されたこの版は、十数部のみの限定版であり、一九六六年に出版されたコンタクト・プレス (Contact Press) の初版をもって、アトウッドのデビュー作品とされている。

『サークル・ゲーム』というタイトルは、さまざまな声を呼び起こす。まず連想されるのは、マザー・グースの遊び歌のひとつである「リング・ア・リング・オー・ローゼズ」("Ring-a-Ring O' Roses")で、一九九八年にハウス・オブ・アナンシ(House of Anansi)が出版した『サークル・ゲーム』の表紙では、この遊びをしている少女たちの俯瞰写真が印象的に使われている。子どもが遊ぶときは、「輪になれ、輪になれ、バラの花」と歌いながら、手をつなぎ回転し、「こけちゃった」という最後のフレーズで一斉にしゃがみこむ。『サークル・ゲーム』で、この歌がそのまま引用されることはないが、詩集の真ん中に据えられた表題作「サークル・ゲーム」には、子どもたちが芝生で「手と手をつなぎぐるぐる回っている」姿が描かれる。しかし、一見したところ無邪気なこの遊戯は、空虚に回転する機械的な動きとなり、不気味な様相を帯びる。

この恍惚とした回転が喜びだと
誤解していたのかもしれない
でも、そこになんの喜びもない(「サークル・ゲーム」)

「サークル」のモチーフは、閉じた空間として変奏され、今度は不穏な声を連れてくる。

詩集の前半では、サークルが室内やガラスケース、檻へと変容し、そのなかに囚われた人々がスケッチされる。息がつまるような日常の風景から、聞き損ねてしまいそうな囁きが、低く聞こえてくる。冒頭の詩「これはわたしの写真」では、語り手の声にしたがって写真に目を凝らすと、バルサムモミの枝らしきもの、ゆるやかな坂、木造の家が見えてくる。そして、湖に視線を移したところで、「わたし」が溺れ死んだことが明かされる。「これはわたしの写真」と言っているにもかかわらず、姿の見えないわたしが、「わたし」について語り続けている。

最後に収められた「入植者たち」でも、語り手の姿は見えない。ただ、この詩集を読み終えるころ、読者は声の持ち主を感じ取ることができるようになっている。というのも、「ある場所——断片」で、「別の感覚がわたしたちを揺り動かす」と語られるように、『サークル・ゲーム』は全編を通じて、慣れ親しんだ現実認識を揺さぶり、見えなかったものの姿や聞こえなかった音を、読者に提示してくれるからである。アトウッドは、日常から日常性をべろりと剝がす。カーペットのしたに、暗緑の海が広がり（「カーペットに潜る」）、オレンジの皮をむくと、頭蓋骨が露わになる（「静かな生活に逆らって」）。

綴られる言葉の奔流によって、不意に「自分」が押し流され、見知らぬ地へ打ち上げられるような感覚が、『サークル・ゲーム』にはある。そして、「別の感覚」を通じて感知できる世界が立ち現われる。「木と石からなるもの」で、鉱物の「体温」を感じることができるように。手や骨、鉱物の境界が揺らぎ、輪郭をもたないものの存在が、あわいからやわらかに浮かびあがる。そして、「入植者たち」の死者の声は「これはわたしの写真」と共鳴し、読者を詩集の冒頭へと引き戻し、この詩集全体がひとつの大きな円環《サークル》として廻りはじめる。

さらに『サークル・ゲーム』にはギリシア神話や伝承・説話、文学作品が織り込まれており、各詩がそれらの挿話と響き合う。「洪水のあと、わたしたちは」は、ギリシア神話のデウカリオンの挿話を想起させ、詩のなかの男女は、箱舟で大洪水を生き延びたデウカリオンとピュラに見立てることができる。神話では水が引いた後、ゼウスの託宣にしたがって、ふたりは肩越しに石を背後に投げる。すると、デウカリオンの投げた石からは男、ピュラの石からは女が生まれたという。詩の語り手が拾う「母たちの骨」は、神話なら人間になるはずの小石だが、「あなた」は洪水が起こったことも知らず、適当に石を放り投げるだけ。このように、神話が対置されることで、詩の音色が変化する。

同様に、「プロテウスのなれの果て」には、ギリシア神話の海神であり、変身する能力をもつプロテウスが下敷きになっており、「女預言者」では、ペトロニウス(Petronius ?–66)の『サチュリコン』(*Satyricon*)で言及されるクーマエのシビュラが登場する。彼女はアポロ神に長寿を与えられたが、若さを保つ術を授からなかったので、年とともに萎んでいき、砂粒のように小さく、声だけになってしまったという。「女預言者」で描かれるグロテスクにも思えるシビュラの姿は、この挿話が元になっていると考えられる。さらに、クーマエのシビュラは、イギリスの詩人T・S・エリオット(Eliot, 1888–1965)の『荒地』(*The Waste Land*, 1922)のエピグラフに登場することを思い出すとき、「女預言者」の語り手が抱える荒野の風景が、より鮮明に見えてくるように思われる。[*1]「フックの男」は、一九五〇年代にアメリカで流布した都市伝説、右手に義手をした脱獄囚の前日譚《たん》のように読めるなど、さまざまな声が『サークル・ゲーム』に集約され、こだまする。

また、この詩集にはアトウッド作品のテーマの萌芽を見つけることができる。たとえば、「食事」の語り手の声には、「清潔さ」への強迫観念じみたものが漂い、彼女自身が消費される息苦しさがある。消費社会における拒食症のテーマは、アトウッドの最初の小説『食べられる女』(*The Edible Woman*, 1969)において、家父長制社会でのジェンダーの問題と接続される。「カーペットに潜る」や「前-両生類」に見られる陸への対立項としての水中への回帰は、一九七二年に発表された『浮かびあがる』(*Surfacing*)を想起させ、地球温暖化の問題や洪水といったカタストロフィのイメージは、人類が滅亡しゆく世界を描く「マッドアダム」三部作——『オリクスとクレイク』(*Oryx and Crake*, 2003)、『洪水の年』(*The Year of the Flood*, 2009)、『マッドアダム』(*MaddAddam*, 2013)でダイナミックに展開される。

アトウッドは精力的に作品を発表し続けており、二〇一六年からは、グラフィック・ノベル『エンジェル・キャットバード』(*Angel Catbird*)の原作を手がけ、ネコとフクロウのDNAに融合した遺伝子工学者というスーパーヒーローを生み出した。代表作のひとつである『侍女の物語』(*The Handmaid's Tale*, 1985)は、トランプ政権下において、ジョージ・オーウェル(George Orwell, 1903–50)の『一九八四年』(1949)と並ぶディストピア小説としてふたたび注目を集め、二〇一七年からはHuluでドラマ化され人気を博している。また、二〇一九年には、『侍女の物語』の続編となる*The Testaments*が出版され、同年のブッカー賞を受賞した。前作の語り手であるオブフレッドの最終場面から十五年後の世界を描いた本作は、三人の女性の語りによって構成されている。続編のインスピレーションのひとつは「いま私たちが生きている世界である」とアトウッド自身が述べるように、[*2] 彼女の強靭な批判精神は、常に現代を見据え、同時に、過去と未来、数十世紀にもわたる射程を有している。

多様な作品を世に送り続けるアトウッドだが、根底にあるのは、わたしたちがいかに「サバイブ」するかである。カナダ文学入門書『サバィバル』(*Survival*, 1972) で、彼女自身が語るように、このテーマはカナダの地政／地勢と無関係ではない。かつての宗主国イギリスと隣国アメリカの影響力のもと、カナダという土地でいかに道に迷わずにいられるかが、アトウッド作品の初期のテーマのひとつである。

道に迷った人間が必要とするものは、その領土の地図だ。自分自身の位置を記した地図があれば、それで他のいろいろのものとの関係から、自分がどこにいるのかわかる。文学とは鏡であるばかりではない。それは地図、心の地理でもある。われわれの文学は、そうした地図のひとつである。[*3]

『サークル・ゲーム』は、サバイブの方法として、手始めに排他的な「サークル」を破壊し、カナダだけではなく、多くの人々にとって必要な、新しい認識の地図を描いてみせてくれる。その意味で、本書はアトウッドの原点といえる。

本書の翻訳にあたって、『サークル・ゲーム』を一緒に読んでくれた学部生のみなさん、そして大学院生の稲川真也さんに心からありがとう。また、日本カナダ文学会会長の佐藤アヤ子先生と慶應義塾大学の巽孝之先生には、ご助言とお力添えをいただきました。深く感謝申し上げます。最後になりましたが、彩流社の真鍋知子さんには本書の出版を快くお引き受けくださり、誠にありがとうございました。

二〇二〇年三月

訳者

＊1　『荒地』のエピグラフには、次の一節が引用されている。
そうなんだ、わしはクーマエで一人の巫女が甕のなかに吊るされているのをたしかにこの眼で見たんだから。それで子供たちが「巫女さん、あんたは何がのぞみなの」というと、巫女は「わたしは死にたい」と答えたものだ。（深瀬基寛訳「荒地」『エリオット全集』中央公論社、一九八一年、九五頁）

＊2　Alter, Alexandra. "Margaret Atwood Will Write a Sequel to 'The Handmaid's Tale.'" *The New York Times*. Web. 28 Nov. 2018.

＊3　加藤裕佳子訳『サバィバル——現代カナダ文学入門』御茶の水書房、一九九五年、一八頁。

◉著者紹介◉
マーガレット・アトウッド (Margaret Atwood)
1939年カナダのオンタリオ州オタワ生まれ。トロント大学、ハーバード大学大学院などで英文学を学ぶ。1966年に本作『サークル・ゲーム』でデビューし、カナダ総督文学賞を受賞。『侍女の物語』(1985) でカナダ総督文学賞とアーサー・C・クラーク賞、『寝盗る女』(1994) でコモンウェルス作家賞、『昏き目の暗殺者』(2000) でイギリスのブッカー賞、優れたミステリ作品に与えられるダシール・ハメット賞を受賞。さらに2017年にはチェコのフランツ・カフカ賞が授与されるなど、カナダ国内だけではなく、ヨーロッパでも数多くの文学賞を受けている。また『侍女の物語』の続編である *The Testaments* は2019年にアトウッドにとって2度目となるブッカー賞を受賞した。作品はこれまでに40ヶ国語以上で翻訳。小説や詩、評論のみならず、児童書やグラフィックノベルの原作など、幅広い分野の作品を発表し、世界中の読者を魅了し続けている。現在、国際環境NGOであるバードライフ・インターナショナルの希少鳥類協会の名誉会長を務める。国際ペンの副会長。トロント在住。

◉訳者紹介◉
出口 菜摘（でぐち・なつみ）
1976年生まれ。京都府立大学文学部教授。専門は英米詩。共著に『反知性の帝国——アメリカ・文学・精神史』(南雲堂、2008)や『モダンにしてアンチモダン——T. S. エリオットの肖像』(研究社、2010)など。アトウッドの作品については、論文「被写体からの呼びかけ—— Margaret Atwoodの写真の詩学」(日本カナダ文学会、2019)。

サークル・ゲーム

2020年5月20日 初版第1刷発行　　定価はカバーに表示してあります

著　者　マーガレット・アトウッド
訳　者　出口菜摘
発行者　河野和憲

発行所　株式会社　彩流社
〒101-0051　東京都千代田区神田神保町3-10　大行ビル6階
電話　03-3234-5931　FAX　03-3234-5932
http://www.sairyusha.co.jp
sairyusha@sairyusha.co.jp
印刷　モリモト印刷㈱
製本　㈱難波製本
装幀　仁川　範子

落丁本・乱丁本はお取り替えいたします
Printed in Japan, 2020 © Natsumi DEGUCHI, ISBN978-4-7791-2683-3 C0098

マーガレット・アトウッド
978-4-7791-1356-7 C0098(08.11)

【現代作家ガイド⑤】　伊藤 節編著／岡村直美・窪田憲子・鷲見八重子・宮澤邦子著

カナダを代表するストーリーテラー、アトウッドを味わいつくすために必読のパーフェクトガイドブック。長編全作品・短編・批評・詩の解説、インタビュー、作家経歴、キーコンセプトの数々から、その魔術的物語の全貌を検証する。　A５判並製　3000円＋税

マーガレット・アトウッド論
978-4-7791-1683-4 C0098(11.11)

サバイバルの重層性「個人・国家・地球環境」　大塚由美子著

アトウッドの多彩な活動の根底に流れる「サバイバル」というキーワードが初期小説群においてはメインプロットの裏側に巧妙に隠された形で描かれていたことを解明し、同時に三つのサバイバル——個人（人間）、国家共同体、地球環境——が彼女の本質と指摘する。　四六判上製　2500円＋税

愛の深まり
978-4-7791-2050-3 C0097(14.11)

アリス・マンロー著／栩木玲子訳

ノーベル文学賞受賞作家にして、「短編小説の名手」と呼ばれるマンローが、鋭い観察眼としなやかな感性で家族の内部に切り込み、さまざまな「愛」の形を追う11編。脆くたくましい女たちの姿を通して人間関係の機微に触れる。　四六判上製　3000円＋税

コーラス・オブ・マッシュルーム
978-4-7791-2131-9 C0097(15.06)

ヒロミ・ゴトー著／増谷松樹訳

カナダに生きる日系人家族三世代の女たち。日本語しか話さない祖母と日本語がわからない孫娘が、時空を超えて語り出す——マジックリアリズムの手法で描く、日系移民のアイデンティティと家族の物語。コモンウェルス処女作賞ほか受賞の「日系移民文学」の傑作。　四六判上製　2800円＋税

不安の書【増補版】
978-4-7791-2604-8 C0098(19.08)

フェルナンド・ペソア 著／高橋都彦訳

ポルトガルの詩人、ペソア最大の傑作『不安の書』の完訳。本書はペソアが長年にわたり構想を練り、書きためた多くの断章的なテクストからなる、虚構上の著者、帳簿係補佐ベルナルド・ソアレスの魂の書。旧版の新思索社版より断章6篇、巻末に「断章集」を増補。四六判上製　5200円＋税

詩人小説精華集
978-4-7791-2408-2 C0093(17.11)

長山靖生編

石川啄木、上田敏、野口雨情、北原白秋、日夏耿之介、左川ちか、中原中也、立原道造、萩原朔太郎、齋藤茂吉、高村光太郎……詩人たちの「詩想」あふれる小説の世界。20世紀前半に活躍した詩人たちが書いた小説・空想的散文のアンソロジー。　A５判上製　2400円＋税